FLEURY VINDRY

A tous les « pompiers »
de France et de Navarre.

La Course du Soleil

« Hé ! DIEX, que la vie est peineuse ! »
(Chanson de Roland.)

GRENOBLE
Librairie XAVIER DREVET
Editeur des Nouvelles et Légendes Dauphinoises
14, rue Lafayette

—

1923

LA COURSE DU SOLEIL.

1.

OUVRAGES DU MEME AUTEUR

HISTOIRE

POÉSIE

FLEURY VINDRY

A tous les « pompiers »
de France et de Navarre.

La Course

du

Soleil

« Hé ! DIEX, que la vie est peineuse ! »
(*Chanson de Roland.*)

GRENOBLE
Librairie XAVIER DREVET
Éditeur des Nouvelles et Légendes Dauphinoises
14, rue Lafayette

—

1923

ES-TU CONTENT, COUCY ?

Oui, sans prétendre oser plus que l'airain pérenne,
En ce libelle obscur dresser un monument,
Il me faut, vieux lecteur, à tout événement,
Te livrer un secret qui me tarde et me peine...

Excuse-moi, sévère ami, s'il t'est loisible,
D'avoir, en m'abdiquant, moi-même, sans amour,
D'un coutumier ragoût de lyrisme et d'humour
Epargné la brûlure à ton palais sensible !

CAUTÈLES

> « Moi, d'abord, j' m'intéresse
> qu'à ce que j' connais ! »
> *(Francisque Sarcey.)*

A Eugène MARTHA.

— « Ainsi vous avez » laissa tomber, dédaigneusement,
M. Haujour-Lejour, « vous avez, Lepetit-Bouquin, élu ma
« biographie pour pivot de vos commentaires ? »

— « Froidement, mon bel ami ! », rétorqua l'aède suburb-
bain. « Certes, elle se découvre, ainsi que tous les grands
« sujets, assez pauvre matière, Eden de lieu commun.
« Mais, en face du public, la loi reste impérative. Il con-
« vient de ne le point dépayser. »

— « Vous êtes acerbe ! »

— « Non, exact. seulement. Tout « fin lettré » voile un
« Prudhomme. Ne tentez point, avec les gens, de vous
« montrer rare. A telle entreprise, vous ne moissonneriez
« que mécomptes. Et, si vous insistiez, l'on grognerait et
« grifferait. Servons leur donc la pâtée usuelle, douce à
« leurs papilles, chère à leurs cœurs. Quoi qu'on die, Le-
« petit-Bouquin n'est point un révolutionnaire !

— « Il me semble, pourtant, que l'originalité...

— « Trève de gros mots, je vous prie ! Il vous semble
« mal. Tenez, mon ami, que la Sainte éminente, celle qu'il
« est décent de ne point outrager, c'est la sainte Habitude !
« Tel est, au suprême alambic, l'Evangile du succès ! Et

« ceci, aussi bien en ce qui concerne le sujet qu'au regard
« de la forme. Qui donc, s'il vous plaît, a lu le *Quinquina*
« ou le *Saint-Malc* de la Fontaine, alors que la plupart
« des mémoires retentissent de ses charmants et minu-
« tieux apologues, de morale ironique et relâchée — donc
« à la portée d'un chacun — et de ses sales petites his-
« toires monacales, égrillardes et savamment fignolées,
« par suite, d'accès facile et universel. Soyons moyens !
« mon cher, soyons moyens ! Que votre esprit — si vous
« en avez — se décèle de même parfum que celui de Vol-
« taire ou que celui de Rivarol, crûs timbrés, et ne vous
« avisez, oncques, de plaisanter à votre guise ! Cette
« manière là ne saurait être la bonne manière, pour ce
« qu'inconnue, et, de ce chef même, défectueuse, sinon
« délictueuse. Que vos images demeurent traditionnelles,
« élégantes et sans biscorne, votre vocabulaire paraphé
« par le bureau de bienfaisance. Il est de prémices qu'à
« chacun de vos vers, qu'à chacune de vos phrases, tout
« le monde puisse tirer son chapeau, comme à quelqu'un
« de la paroisse. Ayez du talent jusqu'à l'insolence, du
« génie jusqu'à l'apoplexie, si cela vous est loisible, mais
« que ce soit selon les gabarits sacrés de la *Coutume* !
« C'est en parcourant cette sage venelle, que Jean Racine
« s'acquit jadis, et s'acquiert encore, aujourd'hui, de si
« grasses rentes dans l'opinion publique, fonds d'Etat,
« tandis que le pauvre grand Corneille resta besoigneux
« toute sa vie ! Vous plaît-il verser dans l'humour ?
« *Liceat !* Mais, alors, suivez Sterne, le seul spécialiste
« vraiment accrédité en de telles questions, encor que ses
« longueurs vous puissent rebuter et son oncle Tobie vous
« paraître de raboteuse et pénible facétie. N'éternuez
« jamais un madrigal de ce tour :

> « *Le ciel vous créa d'un sourire*
> « *Et vous dota d'un cœur aimant...*
> « *Chacun, sans passer pour savant,*
> « *Sait fort bien que l'aimant... attire !* »

« et si la turlutaine vous saisit de peindre quelque bolche-
« viste, évitez de l'accomplir comme suit :

> « *C'était un cas piteux, un triste cas !— Raca !* —
> « *Un sinueux bavard brutal dont on s'écarte,*
> « *Un Jaurès, aggravé d'un fâcheux Bonaparte.*
> « *Bête comme un obus ou comme un syndical !* (1)

« c'est-à-dire comme la Guerre et le Socialisme réunis
« — ce qui n'est point mince — car on vous accuserait de
« paradoxe, d'abord, puis de vouloir élever le calembour
« à la dignité de patrice, alors que personne n'ignore
« l'impossibilité, pour cette pâle « fiente de l'esprit »,
« d'atteindre même à la simple Légion d'Honneur. Incli-
« nez-vous à l'épopée ? Choisissez bien, en cette thèse,
« votre héros, et ne nous allez point importuner des aven-
« tures insolites d'un Scanderbeg, d'un Schamyl ou d'un
« Timour. Si vous fabriquez du théâtre, affirmez-vous
« salace, adultérin, subversif, rude ou langoureux, à votre
« choix, mais toujours moraliste d'avant-garde et de cor-
« ruption. Enfin, la poésie lyrique vous exige sentimental,
« noble comme le roi, arrondi tel un galet de plage, fou-
« gueux avec rectitude, ainsi que les locomotives, et, dans
« le tréfonds, didactique à délire et sans un fétu d'émotion
« véritable... Mais, par dessus toute fragile contingence,
« un précepte jaillit. C'est qu'il apparaît indispensable
« que ce que vous éjaculerez puisse être reconnu, à pre-
« mier coup d'œil, ou, tout au moins, apparenté à des
« denrées certifiées et notoires. Ce principe domine l'esthé-
« tique entière de la réussite et s'aiguise, comme un phare
« géant, à l'amorce des routes de la Gloire...
— « *Amen !* » fit M. Haujour-Lejour. Et il s'endormit.
Le loyer de vérité n'est que d'offense et de sommeil...

29 janvier 1921.

---

(1) Vers destiné à franchir les siècles.

La Course

du

Soleil

I

CHANT DU DÉPART

A Carlos Fischer.

1

> « Le général Leclerc m'accueillit
> « poliment, mais distraitement,
> « comme un homme qui a de
> « l'humanité par dessus les oreil-
> « les... »
> Moreau de Jonnès : *Aventures de Guerre* (1).

Le geste vaporeux de l'aube aux doigts subtils
Cerne le firmament de sa courbe de nacre,
Mêlant, sur tous les plans et sur tous les profils,
Les douceurs d'un baptême aux gravités d'un sacre.

Mal convaincu, lourd de sommeil, fiévreux d'ennui,
Le jour vient, sous un dais de cendres et de neiges,
Recueillir, aux mains défaillantes de la nuit,
Un pouvoir qu'il abhorre et dont il sait les pièges.

____

(1) Un des livres les plus surprenants qui aient jamais bondi
d'une plume sublunaire.

Fardé d'un rire faux, son visage profond
S'ombre au legs douloureux des heures enseignantes
Et ses yeux de prophète inconsolable sont
Semblables à deux fleurs lacérées et saignantes.

Vivre ! — De quel fardeau ce mot sonne le poids !
De quelle royauté désolée et fragile
Faut-il encore subir les accablantes lois
Sous le regard de fer du Destin immobile !

D'avance, il vous pressent, triomphes et regrets !
A son cœur chaque instant paraît une brûlure,
Et ses pieds ont nombré tous les cailloux secrets
Dont l'angle sans merci jonche sa route dure.

En vain, à l'enchanter l'ivresse du matin
Qui hennit ses espoirs dans l'olifant des brises,
Epuise allègrement son haleine de thym...
L'avenir n'a pour lui ni grâces ni surprises.

Qu'importe le désir d'amour et de clarté,
Au cristal des rosées abreuvant son vertige,
Qui ceint d'une auréole et rythme de beauté
Les essors de l'oiseau, le geste de la tige ?

Il connaît le décor, la fable, le chemin.
Rien ne lui peut, au cours de l'intrigue éphémère,
Dorer le fait, celer le creux, voiler la fin,
Et l'œuvre irrésistible à son âme est amère...

II

Voyez ! L'immensité blême et sourde du ciel
Ouvre, à des joyaux neufs, ses marches indécises,
Et d'un souple cordon d'ambre immatériel
S'investit le pourtour de ses bastilles grises.

La lumière grandit, filtre, suinte, explose :
Tout l'Orient s'exalte, au miel de son baiser,
Et ses larges tisons, qui sont autant de roses,
Aux souffles du matin se laissent embraser.

C'est lui, l'archer divin aux flèches éclatantes,
Le royal compagnon du Temps morose et sûr,
Dont la splendeur nous meut aux tâches moins pesantes
Et dont l'ardent regard rend ce qu'il touche pur.

Il couvre de sa flamme et vêt de ses prestiges
La trouble voie et le sentier fastidieux.
Sa main, de toutes parts, fait germer les prodiges
Et l'espace s'embaume à son vol radieux.

Liminaires lueurs, sonnez vos pourpres vierges !
Clairons de fraîche amour, foudroyez l'horizon
De l'ouragan sacré de vos éclairs ! — Qu'émergent
Hors de l'ombre et le toit, et l'arbre et la maison !

Qu'elle surgisse, au renouveau de vos caresses,
La ferveur engourdie, infuse en l'univers,
Qu'en léthargiques rêts opprimait de ses tresses
La chevelure de la Nuit au cœur désert !

Debout ! Suivons le guide auguste de la joie,
Le héraut d'or, le coryphée éblouissant,
Dont l'étendard de gloire aux vents libres ondoie,
Qui d'un beffroi fait une torche en l'embrassant...

. . . .

Vermeille illusion, insidieuse entrave,
Chaîne d'espérance et de vœu,
Nos cœurs de l'incertain seront toujours esclaves
Lorsque le mensonge est de feu...

29 janvier 1921.

II

L'HEURE DES AMES

A Louis AGUETTANT.

« Sicut incensum in conspectu Tuo »
(Office des Vêpres.)

La Prière, bercée aux lèvres de l'Aurore,
Fait, à son souffle pur, tous les clochers sonores.

Son cantique d'amour est l'arome d'encens
Qu'élève, vers le ciel, notre cœur frémissant,

Quant Jésus infini souffre ce grain de sable
Au banquet de clarté de sa Chair ineffable ;

Quand l'Ame de bonté sans terme du Sauveur
Nous convie au délice ardent de sa saveur ;

Quand, courbés sous le vol des Paroles Sacrées,
Les Anges vers la terre ont leurs faces prostrées ;

Par de mystérieuses mains, l'homme se sent
Exonéré de la tunique de ses sens,

Et sauf, pour un instant, des misères de l'heure,
Il contemple les lieux où jamais œil ne pleure,

Cette unique contrée, où ne se nombrent point
Les moments, et pour qui rien n'est ni près, ni loin...

Et sa nudité s'offre aux divines blessures
De cette volupté sans tache et sans mesure...

4 février 1921.

III

PREMIER DEJEUNER

Doux matin blond, ton visage
De pudique jouvenceau
Est sage comme une image
Mobile comme un ruisseau :

Et tes yeux d'azur humide
Aux tièdes prunelles d'or
Font, cher indiscret timide,
A travers le cristal mort

De la vitre qui chancelle
Au choc jumeau de leurs dards,
Fleurir, en douceurs d'agnelle,
Le printemps de tes regards !

A déployer le méandre
Virginal de sa lueur,
La candide flamme tendre
Prend force, grâce et chaleur.

La caressante liane
De son enquête s'en vient
Fouiller l'émail diaphane
Et le dressoir ancien.

On la voit aux cendres grises
Du foyer se prélasser,
Courir sur la nappe bise
Où le couvert est dressé.

Son caprice, qui lui livre
Un assaut éblouissant,
Love, autour du broc de cuivre,
Comme une écharpe de sang.

L'arabesque, qui gambade
Sur cristaux et compotiers,
Annèle ici sa torsade,
Bifurque là ses sentiers.

Ainsi qu'un chat de sa patte
Elle tâte, à coups menus,
Le miel ambré dans sa jatte,
Les fruits aux paniers ventrus,

Puis, comme le minet, ose
Insérer, sournois forfait,
Une langue aigüe et rose
Au creux d'un grand bol de lait...

Mais c'est, mie, à votre oreille
De marbre fin qu'elle veut
Surtout suspendre la treille
De ses pampilles de feu.

2.

C'est à votre chevelure
De mousse folle qu'elle a
Réservé la ciselure
D'un burin qui va, qui va...

Ah ! que le Seigneur te garde
Mie aimée, au front vermeil,
De n'être, ô beauté mignarde,
Qu'un déjeûner de soleil...

IV

LABOR

A Franz BIÉTRIX.

I

Implacable et précis, ainsi qu'une coutume,
A heurts pressés et secs, au profond de la brume,
Le fer du forgeron malmène son enclume.

Diane du labeur, le retour ponctuel
De ce maigre tocsin, ouvre le rituel
Des instants asservis au souci manuel.

La lampe du penseur s'éteint : sa plume tombe.
Un grouillement de pas, fauche, en rumeur de trombe,
De la Terre au repos le silence de tombe.

Tandis que, recueillant les lambeaux de la nuit
A son croc, chiffonnier de flamme, le jour luit,
Tout fume, siffle, court, tinte, ronfle et bruit.

Un innombrable essaim s'agite, flotte et roule.
On dirait le bond éperdu d'une mer saoule
Dans un abîme empli d'une immobile foule,

Un sable aux grains épars, sous le flot courroucé
Jusqu'aux bornes du globe en tous sens dispersé,
La fermentation d'un monde commencé...

II

Oui, le Léviathan aux mille tentacules
Répudia le joug de l'ombre et du sommeil,
Et son verdict d'airain, au sang d'un corps pareil,
Jusqu'aux derniers replis de l'univers circule.

C'est une tyrannie au rythme inexorable
Contre qui, dès l'Eden perdu, s'est insurgé
L'orgueil humain, toujours ardent à se venger
Du juste abaissement de son père coupable.

Savoir, agir, aimer sans trouble et sans limite,
Ignorer la douleur, la mort et le désir,
C'est de telles grandeurs qu'on voyait resplendir
Ton être, ange écroulé que notre cœur habite !

La mémoire des cieux est encor si vivante
Au rêve du banni qu'il reste foudroyé
A sentir du travail, sur son front, s'appuyer
L'amère, rédemptrice et hautaine épouvante !

Au cœur de ses pensers une révolte rampe
A songer qu'il devra lutter jusqu'à la fin
Sans pouvoir desserrer l'étau qui le contraint
A conquérir son pain aux sueurs de ses tempes !

III

Les astres neufs, ainsi que des perles errantes,
Promenaient, dans l'éther, leurs sphériques candeurs,
Et le Chaos avait, aux paumes du Seigneur,
Plié l'indéfini de ses formes mouvantes.

Le souffle de l'Esprit sur l'onde avait couru
Et fait jaillir l'Amour aux pores de la Terre.
L'œuvre était absolue, immortelle et sincère
Et le soir du Septième Jour était venu.

Dressant, comme un flambeau, sa stature émouvante,
Dans la virginité de son corps rayonnant,
D'une voix de caresse et de commandement
Adam nommait chaque animal et chaque plante.

Il existait, sans amertume, indolemment,
Dans la béatitude en fleur de l'ignorance
Et du bien et du mal, n'ayant point prescience
De la rancœur, de l'espérance et du tourment.

En lui la joie était une seconde haleine,
Un parfum de nature, un rire inconscient.
Nul effort ne pesait à son geste charmant
Où la grâce glissait comme un vol de phalène.

Sous la tente d'or vif de ses cheveux épars
Plus lumineuse encore que son époux superbe,
Belle de la beauté des rosées et des gerbes,
Eve irradiait l'air du chant de ses regards.

Le ciel, tout fait de lis, où l'aube balbutie
Les premiers mots de sa prière du matin
Eût semblé sombre auprès des pulpes de satin
Dont sa carnation voilait sa jeune vie.

Mais, si noble que fût l'étincelante chair,
Si suaves les yeux, souples comme des sources,
Profonds comme des lacs, légers comme la course
De la brise qui fuit, au large du ciel clair ;

Si grave qu'apparût, en son dessin tranquille,
Sous la royale chevelure un front uni

Si svelte la cambrure et le charme infini
D'un pied qui ne foula jamais un sol de ville ;

Nulle voix n'aurait su peindre la majesté
D'innocence et d'auguste paix, dont l'auréole,
Ainsi qu'une atmosphère impondérable et molle,
L'entourait de subtile et sage vénusté.

C'est qu'un bonheur sans nom rivait sa chaleur tendre
A toutes les pensées et tous les sentiments
Dont s'embaumait le cœur des éternels amants
Sur qui l'ombre et le temps n'avaient rien à prétendre.

Le Bienfaiteur sublime avait su façonner
Un rêve inépuisable, aux délices étranges,
Qu'aurait pu jalouser la volupté des Anges...
Ni le deuil, ni l'effroi ne le pouvaient borner.

Ils voyaient Dieu, ne faisaient *rien*. Toutes les choses,
Hors une, leur étaient acquises sans retour.
Ils avaient le savoir, la puissance, l'amour...
L'arôme de leur sort passait celui des roses...

IV

Or, pour l'ordre d'En-Haut, sournoisement enfreint,
Pour le doigt sacrilège effleurant le mystère,
Pour le gouffre, sondé d'un coup d'œil téméraire,
La foudre s'abattit, soudain, sur leur Destin.

Et ce furent la peur, la contrainte, le doute,
L'écœurante routine et l'angoisse sans fond,
La morne lassitude au visage de plomb,
Les dégoûts, en cortège aux berges de la route,

Le honte, le remords et la satiété,
Le besoin de se fuir soi-même, la victoire
Passagère, les viandes creuses de la gloire,
La morsure, incessante et rude, du péché ;

La vérité, nue et farouche sous ses voiles,
Inaccessible, ainsi qu'un cratère de feu,
L'horrible conscience et du temps et du lieu
Et la mélancolie, à l'aspect des étoiles.

Un univers pesant, obscur, gauche et charnel,
Enlisa, tout à coup, leurs âmes dans sa boue.
Ils connurent le sel des larmes sur la joue.
Et tout fut bref et long, ironique, *mortel*...

. . . .

Voilà pourquoi le marteau bat, la vapeur tonne,
Le front de mille plis s'incruste sans merci
Et la robe de l'aube est moite de souci...
L'Homme, monarque oisif, a brisé sa couronne !

6 mars 1921.

♧ ♧

V

ELAN

A mon frère X.. VINDRY.

Le firmament
Adolescent,
Sans acquit ainsi que sans pose,
Ne semble encor
Qu'une énorme caverne rose
Où le soleil,
Masque vermeil,
Penche l'auvent de ses cils d'or.

Et, cependant,
Liquide ardent,
L'auguste sève d'espérance
De l'avenir
Epanouit son onde immense,
Lac débordant
Que du présent
La coupe plie à contenir.

Car, vif-argent
Prompt et fringant,
Et qui, sans cesse, se transforme,
L'heure s'accroît,

Rejette bride, entrave et norme,
Et n'est qu'un fil,
Svelte et subtil,
Au caprice ondoyant du moi !

Donc, sans dédain,
De ton badin
Jeu d'amour que l'âme soit serve !
Ne faisons fi
De ton étourdissante verve
Jeunesse, dont
Le noble don
A lui-même, seul, se suffit !

Dans le lointain
Du noir jardin
Laissons, en paix, rêver Minerve !
Connaît-on bien
Quel acier fourbit et réserve
L'âcre futur,
Assassin sûr
Qui tient tout sans promettre rien !

9 mars 1921.

VI

PLÉNITUDE

Le char roule, hardi, sauvage, en mûre force.
L'acte avec la pensée est un corps jaillissant,
Unique, indivisible en son robuste torse,
Rapide, spontané, décisif et pressant.

Il ne s'attarde point aux falotes lanternes
De l'analyse. Un feu de grâce est dans ses · s.
Enthousiaste, il boit aux précaires citernes
De l'instant et méprise, ardemment, le repos.

Point de dédoublement ! Ame et brute sont frères !
Agir ! agir ! agir ! Posséder ! Resplendir
De tout l'embrasement de ses rudes artères
Et transpercer le temps des flèches du désir !

Etre son propre but, sa fin éblouissante !
N'emplir que de son fait les replis de son cœur !
Lier l'amour esclave aux parois de sa tente,
Courber tous les vouloirs d'un sceptre d'empereur !

Cueillir toutes les fleurs et toutes les haleines,
Planer, dans l'absolu, d'un essor radieux,
Tremper sa fantaisie à toutes les fontaines,
Modeler sa chanson à l'ivresse des dieux !

Soleil, soleil vivant qui brûles ma poitrine,
Je ne sais plus... je vais... j'avance... Tu me tiens !
J'abandonne au torrent de ta rage divine
Le néant de mon souffle... et tes yeux sont les miens !

11 mars 1921.

VII

LIBRATION CULMINANTE

Clef de voûte de l'arc, en son triomphe grave,
Midi, maître du jour, contemple son esclave.

La fête universelle, en scintillements fous,
Sur le globe dompté balance ses remous.

La matière livide, au sang de la lumière,
Paraît s'être muée en une autre matière.

C'est une phrase, offrant son blafard substantif
Au choc éblouissant d'un magique adjectif.

Ou les gibbosités amorphes d'une éponge
S'imprégnant des clartés de quelque externe songe.

Trop certain de sa force et vain de ses amours
Le soleil coule, à larges nappes de velours,

Captant l'immensité délirante et soumise
Aux fulgurantes glus des ors de son emprise.

Il semble s'ériger précurseur inédit
De la fluidité des corps au Paradis.

Et son vermeil baiser, qui les allège, impose
Aux substances du monde une céleste osmose...

12 mars 1921.

♣ ♣

VIII

LA SIESTE

Au délicat poète Ph. Fabia:

I

La paix glisse, à pleins bords, telle une onde mobile,
Dans une plaine à 'horizon illimité.
D'un cours catégorique à la mort emporté
Son flot épanouit sa puissance facile.

La corbeille d'azur des cieux est comme un van
Où l'astre roi, vannant, en moissonneur des sphères,
Son froment d'infini, libère, au clair de vent,
Un souple résidu de lucides poussières.

L'espace entier rutile à l'éclair de ses mains.
Comme une fauve haleine aux chaleurs émoussées,
Un silence oppresseur pèse sur les chemins
Et de balafres d'or les glèbes sont gercées...

II

Une torpeur sourde secoue
Ses pavots, et son ordre encloue
Dans leurs nids la voix des oiseaux
Et la brise aux lèvres des eaux.

L'élan des avettes hardies
Aux vasques des fleurs engourdies
En molles courbes vient tomber
Et dans leur giron s'embourber...

En un sommeil léger fondues
Flottent nos peines suspendues,
Comme des cheveux dénoués
Que disperse un geste enjoué...

III

Ne rien vouloir ! ne rien sentir ! Ne rien connaître !
Bonheur vertigineux et souverain, peut-être !

Car le piètre coma de nos extases n'a
Que l'ombre du reflet du sens d'un Nirwâna !
La vision est brève et le repos précaire,
Gros de l'illusion dont est faite la Terre....

IV

Voici que s'infléchit la pente au net degré,
Que le seuil est franchi de l'avenir muré
Et que le premier pas vers la vieillesse obscure
A tinté sur la voie inexorable et sûre.
Le vainqueur couronné vers l'abîme descend,
Et, dans l'accablement de son triomphe, il sent
Gravir jusqu'aux sommets fiévreux de sa pensée
Comme une inquiétude morne et harassée...

Tel un aigle de feu qu'a, brusquement, froissé
Le heurt insidieux d'un trait, il a cessé
D'orienter, vers le zénith, la course heureuse
D'un orbe hérissé de pennes lumineuses,
Et, pareille au majestueux oiseau dolent,
D'un vol superbe, imperceptible et nonchalant,
Avec une lenteur stricte d'hiérophante
Oblique, en s'abaissant, sa marche éblouissante...

Sa tenace fierté contraint, pourtant, encor
L'espoir à soutenir le faix des ailes d'or,
Mais, bandé dans l'effort d'une intacte envergure,
Il pâme, à l'aiguillon secret de la blessure...

16 avril 1921.

IX

TRAGIQUE MATURITÉ

A Vincent SELVES

I

Il est exquis, au cœur d'un ciel flexible et doux,
Par un vent, nuancé de fraîcheurs salutaires,
De voir, sous l'hésitant voile d'un argent flou
Avril iriser l'air de ses larmes légères.

Quelque grâce à l'automne aussi prête un trésor
En lui laissant unir ses tendres transparences
Aux fastes onduleux d'un linceul d'ocre et d'or
Où de sanglants grenats coule l'incandescence.

Mais, sans doute, ces clairs spectacles innocents
Auprès de l'incendie altier de l'heure tierce
Ne sont que vains décors, dérisoires néants,
Dont la fragilité paresseuse nous berce.

Comme un porc-épic d'or colossal dont les dards
Fouillent l'éther vaincu de leurs pointes acerbes,
Le despote Phébus aiguise ses regards
Et leur flamme flétrit et les fleurs et les herbes.

C'est le suprème exploit du torride Attila,
Du chevaucheur de pourpre aux sidérales plaines,
Le magnifique instant où le sceptre croula,
Le dernier attentat à l'ombre souveraine...

II

Trois heures ! — Heure sacrée où la Terre trembla,
Où la nuit descendit sur le voile du temple
Et la foudre rugit autour du Golgotha !
Insondable moment d'un amour sans exemple

Où le Maitre expirant, vers son œuvre incliné,
De Son cœur Infini lui livra les prémices,
Où la Mort et la Vie au duel obstiné
Suspendirent le heurt de leurs forces complices !

Aux ténèbres des temps vengeresse clarté,
Heure de sang ! heure de paix ! heure de grâce !
Rachetant toute peine et toute iniquité,
Où la loi du passé de fer sombre et s'efface !

L'immensité vibre d'espoir et de pitié
Et la chair de l'instant n'est que tendresse et flamme,
Car au souffle immortel d'un Dieu sacrifié
Un gouffre radieux vient de s'ouvrir aux âmes...

20 janvier 1922.

X

FIVE O' CLOCK

> Il faut partir, ma belle !
> Ta cavale isabelle
> Hennit sous tes balcons...
> (*A. de Musset.*)

I

Il faut luncher, ma belle !
Ton appétit fidèle
Bondit sous ton corset...
Muffins, toasts ou crevettes
Caviars et gaufrettes,
Beurre, aspic... Est-ce assez ?

Pour les vieilles moustaches
Marsalas ou grenaches
De biscuits escortés,
Et, mécanique usage,
Ce puéril breuvage
Que l'on nomme du thé !

Blonde enfant, blanche nonne,
Les miels : or de Narbonne,
Neige de Cormayeur...

Thons irisés, sardines
En leurs nacres d'ondines...
C'est toujours le meilleur !

II

Or, tandis que s'insère en son harnais de gueule
L'Humanité, le jour blémit et devient veule...

Le soleil seul, majestueux, demeure encor
Comme un tragédien sanglant, cuirassé d'or.

La lumière est profonde, immense, cristalline,
Souple comme un satin et plus que l'ambre fine.

Et, qu'on lui prête orgueil ou terreur, ce déclin
D'une mélancolie irrésistible est plein.

C'est un trépas de froide opulence, une mort
Sans âme, l'agonie inerte d'un décor.

Une palette implexe, en ferventes fusées,
Y dissipe les rais de ses splendeurs brisées...

Émeraude indomptée ou rubis offensif,
Saphirs déments, topaze en fièvre, ocre agressif,

Désert illimité d'expirante turquoise,
Longs portiques de feu sous des frontons d'ardoise,

Tours d'opale, remparts de jais, créneaux d'argent,
Promontoires drapés d'un violet changeant.

Tout ce qu'un vent artiste, en ses folles ruées,
Suscite d'effigies au chaos des nuées.

Et tout ce qu'un astre caduc, enveloppé
Dans les plis d'un mirage éclatant, sait tremper

De profils d'elfes ou de galbes de sirènes
Aux pourpres diaprées et lâches de ses veines...

22 janvier 1922.

XI

RONSARDISES LIMINAIRES

A l'excellent poète BEAUFILS.

Phébus, dans le flot d'argent
    Va plongeant
La gloire de sa crinière :
Ou, sur la colline d'or,
    Il s'endort
Comme un pourceau de lumière.

Ainsi que sur un bûcher
    S'est couché
Le géant sur la montagne,
Et, de ses longs tendelets
    Violets
Une brume l'accompagne.

Déjà, sur son front charmant
    L'atrament
Nocturne incline son ombre,
Et c'est un nouveau défunt
    Sans parfum
Qui des jours s'ajoute au nombre.

Que de pleurs ont distillé
    Et coulé
Au fil du cycle diurne !
Dans un vase, à les cueillir
    A loisir,
Ils feraient déborder l'urne !

Que de ris ont badiné
    Et sonné
Leurs oiseux tintinnabules,
Sans plus marquer au destin
    Que la main
D'un enfant soufflant des bulles !

Que de mots ont retenti
    Si petits
Qu'en vain, tous, ils se haussèrent

Jusqu'au seuil du Souvenir
    Pour finir
Et retomber en poussière !

Et que de cœurs ont pâti
    Et senti,
Avec le temps qui s'efface,
Croître, à lents signes hautains
    Et certains,
L'âpreté de leur disgrâce !

24 janvier 1922.

☙ ☙

XII

ULTIME APOTHÉOSE

Tel un sultan vainqueur, suivi de ses soudards,
Le soleil de la Nuit dévale la falaise,
Et le vacillement des derniers étendards
D'une fraise d'or sourd ourle le soir de braise.

Le triomphe barbare emplit tout l'horizon.
Pour le magnifier sur sa lyre brûlante
L'hymne du jour ne fait du ciel qu'un seul tison
Et les nuées en rut ont des bonds de bacchantes.

La victoire rugit dans les accents lointains
Dont, haleines des vents, vos chants ivres l'escortent
Et l'on entend l'éclat de vos clairons d'airain
S'assoupir lentement au progrès des cohortes.

Exode théâtral d'un drame étroit et vain
Sans doute, et, cependant, à l'heure none ou sexte,
Si le conte est banal, le spectacle est divin,
Car, à l'image en fleur, le fait morne est prétexte.

C'est d'une intarissable et diverse beauté
Que bondit dans l'éther la source enchanteresse.
La toile reste d'immortelle nouveauté
Et jamais sa grandeur ne fatigue ou ne blesse.

Carnages embrasés, tornades, ouragans,
Sulfureuses clartés, de noirs pennons frangées,
Étalent, dans la paix des cieux étincelants,
Le silence émouvant de leurs houles figées.

Lorsque de l'ombre, enfin, de larmes constellé,
Surgit le douloureux et rigide visage,
A tous les cœurs serrés ne peut être celé
Qu'il manque à l'univers un très haut personnage...

25 janvier 1922.

FLÉCHETTES

« Sans rompre, j'ai clamé d'amour la Vérité,
« Et ce fut ma sauvage originalité...

Lepetit-Bouquin : *Examens de Conscience*. 1-2.

LE LIERRE

A Madame M. Martha.

> « Ame rocailleuse et têtue
> « Comme une mule de Poitou,
> « Jamais sa constance abattue
> « N'accusait l'échec ou l'atout...

Lepetit-Bouquin : *Le conseiller Broussel*, p. 42.

I

C'est un automne rechigné
Qui n'a jamais voulu signer
    Le protocole
Qui l'aurait, pourtant, revêtu
D'une cristalline vertu
    Dorée et molle...

Du soleil louche est la lueur.
Si le ciel penche à la couleur
    De la jonquille,
Le vent y chasse, à franc balai,
De nuages patauds et laids
    Les escarbilles.

En vain, l'année a besogné
Pour que point ne fut renfrogné

Le doux visage
De sa calme caducité.
La saison n'a rien respecté
De son ouvrage.

Vieille tour, dans le jour frisant
Morne est la nuance de tan
De tes murailles !
Aux brèches de tes flancs hachés
Pendent les fragments arrachés
A tes entrailles.

La couronne de tes créneaux
Semble une mâchoire en lambeaux,
Et, sous sa blouse,
Le lierre, ce calmar obscur,
Te dépèce, au contact impur
De ses ventouses...

II

D'une insensible allure et journée à journée,
Autour d'un cœur captif, la vie a, quelquefois,
Noué, tragique fleur de ses moroses lois,
La perfide douceur d'une étreinte acharnée.

L'amour, comme la haine, à notre destinée,
Pour l'abuser, pour la flétrir, pour la briser,
Savent, liane d'or et de fer, imposer
L'impérieux étau de leur fièvre obstinée.

L'âme était magnanime et le donjon superbe,
Mais la vorace ardeur d'une déloyauté,
En sa reptilienne et sourde iniquité,
A fait l'être et la pierre aussi faibles qu'une herbe.

Sournoise fut la marche et lente la conquête.
Lèpres d'ombre prudente, aux assauts contenus,
Lierres et passions au but sont parvenus,
Et, partis de la boue, ont gravi jusqu'au faîte.

Orgueil, beauté, puissance ont senti cette chaîne,
A l'incessant effort d'un geste soutenu,
Tisser, en réseau souple, infrangible et ténu,
Les subtiles parois d'une prison certaine.

Lorsqu'ils durent céder à la griffe implacable
Leurs fronts serfs et les vains débris de leur fierté,
Cette abdication ne sut point arrêter
Ni suspendre, un instant, leur chute misérable.

Comme la plante stricte, en sa noire chemise
Dérobe le rempart aux pitiés du soleil,
L'œuvre de volupté s'éprit d'un heur pareil.
Le ténèbre marqua le terme de sa guise.

Et, broyés sous un faix trop rude à leur épaule,
Forclos de la lumière et de la liberté,
L'homme et le monument, en leur adversité,
Expirent longuement dans la nuit de leur geôle...

5 mai 1921.

STRUGGLE FOR LIGHT

« Le Socialisme, cette niaiserie périodique, qui
« coasse à chacun des coudes de l'Histoire...

Lepetit-Bouquin : *Coups de sonde en
l'Immuable routine.* II. 47.

De sa course embourbée accélérant le train,
Comme un ragot, forçant du poitrail et du rein,
La lune se démène, au cru d'un ciel d'asphalte,
Que coupe son essor furieux et sans halte.

Et, sauvage berger de gaz asphyxiants,
Lourd de nuées, avec des clameurs d'olifants,
Lui crachant ses embruns de naphte à la figure,
Le vent souille son front d'une orde chapelure.

Mais elle va, quand même, et toujours et toujours,
Frôlant ici, perforant là, close en un four,
Sous un paquet d'écume, à l'ourlet d'une lame,
S'engouffrant, émergeant, opale, jais ou flamme.

Sans marchander l'effort ou lésiner l'instant,
Eventrant cette fange à son soc éclatant,
Elle creuse, elle perce, elle tranche, elle flotte,
Flocon d'or sur un lac, lampe au creux d'une grotte.

D'aucuns ont cru saisir, sur son masque froncé,
Le courroux que provoque un labeur insensé.
Pour ma part, je n'y lus jamais d'incontestable
Que la sérénité d'une force immuable,

Et, dans ce long duel contre l'ombre et la poix,
Les certitudes de l'issue et de la foi,
Comme la nef d'une âme ferme, dont les ailes
S'orientent, sans cesse, aux brises éternelles...

7 décembre 1921.

QUATRE PETITES ODES

A Louis Aguettant.

A la façon de Paul Claudel, mon soleil

I

Hymne au Sacré-Cœur de Jésus

Seigneur, la rosée de votre regard — s'est reposée sur
la fièvre de mes os — et mon âme s'est partagée — à la
tempête de votre Amour — comme l'arène des grèves au
bélier de la mer...

Les mots où n'a point su atteindre — la misère de ma
tendresse — Vous les avez proférés pour moi — en sup-
pléant aux balbutiements éperdus de mes lèvres...

Et Vous m'avez laissé ravi et brûlé — comme l'étoile
inerte et sourde — qu'a frôlée l'aile de tonnerre — de l'inaccessible lumière...

Ah ! que le glaive de votre Bonté — ô divin assassin de
mes ténèbres — accoste, sans merci, ma poitrine obscure
— pour la trouer comme d'un rayon...

II

L'Inspiration

Ma route n'est point marquée — par les lieux passagers qu'anoblit ma colère — mais se mesure aux intervalles — qui brisent le sillon de ma trace de foudre...

Je suis la lave qui bouillonne — dans les cavernes de la nuit — et dont la conquête n'embrase — que la superbe des sommets...

Ma chaîne est sans suite et sans mailles — Ma proie, seule, je la connais — Et mes repères sont à moi — comme ses amers à la rade...

Ma guise est un vent qui choisit — parmi les palmiers de la plaine; — une onde vivante et certaine — désignant un point du désert — à d'autres yeux indiscernable — qu'il faut fleurir d'une oasis...

Et mon vouloir perce sa robe — aux uniques plis que mon cœur — lui révèle, en son geste probe — vulnérables à son ardeur...

III

Le Chapelet

Gouttes d'argent de l'oraison — doublée, triplée et décuplée — comme une stalactite, en tarière — stillicide et parvient à perforer la pierre...

J'égrène mon âme à vos rythmes — ma pauvre âme contrite — plus lasse que l'insistance d'une cloche — sous le silence ardent de l'Infini...

La prière est ronde — comme une larme et comme une perle — et le fil de mon repentir la traverse — et la soude à la suivante — ainsi que le lien d'une complicité — fait deux détresses sœurs par une angoisse unique...

Et, chaque fois que mon doigt abandonne — le grain qui fuit, une rose nouvelle — germe, sans bruit — dans le my térieux parterre de la grâce...

IV

PATREM IMMENSAE MAJESTATIS

Par la sérénité des sphères — en molles fumées de diamant — les astres ondulent, à billions — comme les franges du voile de l'Inconnaissable...

Et ce vertige de l'esprit — n'est que l'image atténuée — la pâle poussière de symbole — de votre majesté — Roi Triple et Un —, incommensurable...

L'abîme qui s'élargit — à Votre Haleine — au delà des limites humaines de la pensée — et l'abîme qui s'approfondit — en s'amenuisant — jusqu'à l'insaisissable pour nous — de l'atome — un seul pont a su les franchir — une seule clarté les combler...

Votre Amour — plus puissant que votre Puissance...

24 septembre 1921.

LE·RIDEAU DE VERRE

A Madame L. AGUETTANT.

Pour fermer, sans le clore, un huis, il est pratique
D'y suspendre les fils d'un écran cristallin,
Ainsi qu'aux courbes d'un corsage féminin
Tinte et cliquète un pendeloque de Lalique.

La brise qui le frise, imprécise, et s'y brise
Fait frémir, à son vol frivole, d'un frisson
Le mobile, futile et fragile haillon
Qui, sans cesse, caresse, ondule et se divise.

Que d'êtres ont, souvent, sous ce souci savant
De plaire, sans livrer le for de leur fortune.
Incertain et fuyant comme un regard de lune
A leur âme imposé ce rideau décevant !

24 novembre 1921.

ANALOGIES

A Monsieur Eugène MARTHA,
homme de grande culture
(Latifundihomme)

La lune, en un halo d'or graisseux, paraissait
Une motte de beurre en douce décadence
Et l'ombrageux haro du public flétrissait
En l'image insolite un rien d'impertinence.

Toutefois, chers seigneurs, tenez pour boulonné
   Par la poigne de l'évidence
Que l'on n'apercevait plus ni lèvres, ni nez
   En la flasque circonférence.

Nul sardonique ris ne te vermiculait,
Face obèse de satellite de la Terre !
Ton orbe, orbe de traits, par l'éther circulait
Sans cousiner avec le macaque Voltaire !

C'était un fol émoi mystérieux qu'en moi
   Suscitait, dans son marécage,
Trouble ainsi qu'une perle et sous ses voiles coi,
   L'anonymat de ton visage !

Comme l'heure fantasque, à cet instant, versait
Le caprice d'un jet de sanglante lumière
Dans le miel indécis où ton front croupissait
— Tel un fil de tomate en des blondeurs crémières —

Il me sembla, soudain, que mon vieil Edgard Poë
    Avait plaqué, tragique gouge,
La pourpre suppurante et morne de ta peau
    Sur son *Masque de la Mort Rouge* !

                    17 septembre 1922.

UN PEU DE GÉOGRAPHIE

A Carlos FISCHER.

Le tragique Vivarais
Me tient noué dans ses rêts...

Des bourgs couleur de cachou
Coincés dans d'étroites failles
Dont la sape d'un flot fou
Râcle, en hurlant, les murailles,
Et des rocs, fauves croûtons
En un plat d'épinards sombres,
Crevant les brèves toisons
D'arbustes de jade et d'ombre...

Le tragique Vivarais
Me tient noué dans ses rêts...

Des torrents d'humour exquis,
Tour à tour sable ou déluge,
En des vals, sculptés ainsi
Qu'une dentelle de Bruges ;
Les améthystes des gours
Que, laine aux mobiles franges,
Unit entre elles le cours
De cataractes étranges...

Le tragique Vivarais
Me tient noué dans ses rèts...

Les aubes, de miel cendré,
Qu'un matin d'occident traine
Sur le profil déchiré
D'une aduste et morne chaîne,
Et le soleil, rouge et noir,
Ceinturé d'ouate grise,
Collé, sur le front du soir,
Comme une énorme cerise !

Le tragique Vivarais
Me tient noué dans ses rèts...

Maints donjons démantelés
Fichés au tranchant des crêtes ;
Au cœur des ravins pelés
L'escadron des gypaètes.
Disséquant, butin confit,
Un mouton, que la fortune
De quelque falaise fit
Choir, par dam, au clair de lune...

Le tragique Vivarais
Me tient noué dans ses rèts...

Ah ! qui nous peindra jamais
O Privas, tes crépuscules !
L'azur meurtri des sommets
Dans un ciel de papier bulle,

Pathétique aridité
Où la lumière flétrie
D'un jour qui croule, a jeté
Ses violettes scories !

Le tragique Vivarais
Me tient noué dans ses rêts...

Cance, Erieux., Doux, Ardèche.
Ouvèze tumulttueux,
Nature qui bats la dèche,
J'aime tes hardes de gueux !
Que tu sois basalte ou lave
Pourpre éteinte, ocre fané,
Mon cœur, amoureux esclave,
Reste à ton charme enchaîné...

Le tragique Vivarais
Me tient noué dans ses rêts...

4 octobre 1921.

SOURIRE D'HIVER

A mon neveu H. VINDRY.

Un jour d'hiver. La neige. Un soleil recueilli.
Le paysage est tout de crème Chantilly.
L'astre, au sang moite et fin, verse, en tons de praline,
Sur l'immense blancheur sa lumière câline.

On jurerait qu'il pleut, au loin, sur les clochers,
Les pétales d'innombrables fleurs de pêcher,
Et les reliefs d'argent de leur fûts immobiles
S'embrasent aux douceurs de l'averse fragile.

Le ciel est souple ainsi qu'une peau de chamois.
Rien d'anguleux n'altère un décor tendre et froid.
Un velours cristallin vêt les arbres rigides.
Les toits ont l'air de champignons mous et livides.

La contrée, en un lac opaque de coton
Frileusement s'immerge et jusqu'à l'horizon,
Tel un gel brusque en des moutons d'écume fine,
Disperse le frisson fixé de ses collines.

Ainsi sur le sommeil d'un passé douloureux
Coule, en lucide extase, un respect amoureux,
Comme, au marbre éclatant d'un sépulcre de vierge
La flamme orante, chaste et tranquille des cierges.

Le cœur n'est plus, sevré d'élans et de désirs,
Qu'une marmotte, aux dramatiques souvenirs,
Grignottant une paix qui n'a rien de morose,
Puisque l'heure légère est d'hermine et de rose...

6 octobre 1921.

VIRTUOSITÉS

Le vent avait, pour sa conférence aux collines,
De l'automne emprunté le langage mouvant,
Où les mots, quelque peu rouillés, sont, cependant,
De soufre, de safran, d'or et d'aventurine.

Archaïque vocabulaire somptueux
Dont sa dextérité modelait la richesse
Aux arcanes de ses paroles de caresse
Que dirigeait l'essor d'un tour voluptueux.

Des grands bois attentifs il menait la conquête
A longs dires moirés, vermeils et précieux.
Sa voix, aux replis d'un méandre insidieux,
D'une feuille en rubis savait piquer l'aigrette.

Son souffle, d'un lié rapide les brassant,
Lâchait des frondaisons les masses orchestrales
En tuttis, où rameaux semblaient, denses ou pâles,
Dièses et bémols d'un thème rugissant...

Ah ! ce parler de l'orateur insaisissable,
Ce son du leste et transparent musicien
Qui, sur des trames de néant, tisse du rien,
Plus vague qu'une écume et plus fuyant qu'un sable !

Pourquoi toujours souffrir qu'il nous embobeline
Dans le magmat de sa meringue cristalline ?

Serait-ce point qu'on est, comme un mât d'artimon,
Noir de sargasse et tout barbu de goëmon ?

Pesant, tel un caduc *Phaselus*, que taraude
Le Rêve, ce bernard-l'hermite de la Fraude ?

Et que votre cœur sent, étant au sol collé,
Un indicible amour pour qui peut s'envoler ?

7 novembre 1921.

COURTS HORIZONS

La nuit est trouble et lépreuse,
Toute de cendre hargneuse.
Une lune de goudron
Au zénith plaque son rond.

Dans cette cellule opaque
Le vent grouille et l'ombre craque.
Pâle et nu comme la main
Mon désir va son chemin.

Humble et vicinale voie !
Point d'amour et peu de joie !
Oh ! quel modique sentier
Contourne mon cœur entier !

Les averses **de la vie**
En font l'arène salie...
Et mon suprême propos
Est de toucher au repos.

7 décembre 1921.

LA VIEILLE ESPIONNE

« Certes, la Chasteté n'est point une gonzesse
          « Des bords du canal Saint-Martin...
      Lepetit-Bouquin : *Raffaëli et les fortifs*. VIII, 4.

Sous le nuage en chaperon
Qui brise l'éclair de ton front,
Tu glisses, parmi les étoiles,
Lune bise, au disque blafard,
Comme, au flanc d'un rustique char,
Danse une lanterne de toile !

Et ton élan silencieux
Se plie à la courbe des cieux
Avec une hauteur sereine.
Pilule mate, dans l'éther
Court l'orbe bistré de ta chair
D'antique et froide souveraine.

N'es-tu point lasse de toujours
Arrondir les précis contours
De cette face circulaire

Pour voir, ironique arlequin,
L'éternel spectacle mesquin
Des turpitudes de la Terre ?

18 décembre 1921.

*
* *

— « Que voulez-vous ? C'est la Vie ! » — On est à peu près certain d'entendre cette originale remarque cabrioler hors de toutes lèvres, lorsque le possesseur d'icelles a commis quelque robuste sottise ou s'apprête à perpétrer quelque joyeuse petite infamie. D'aucuns, aux traditions plus classiques, incriminent la « Fatalité » (Mahomet chez soi), sans se demander s'ils n'en ont point été, d'avance, par leurs imprudences, les enthousiastes et respectueux fourriers...

Mais, en net quotient, cela synonymise !

MON ESTHÉTIQUE

> Toute poésie a pour but
> — Et c'est rôle considérable —
> De dire, à la Matière : « Zut ! »
> Et d'exprimer l'impondérable...
>
> Lepetit-Bouquin : *Sentences et
> Postulats.* I. VI. 7.

Clarté sereine, souple brume,
Le vers, puissance ou douceur,
Tour à tour éclaire et parfume,
Tantôt torche et tantôt fleur...

Cloche aussi, sans conteste, mais
Peut-être trop de musique
Nuira-t-il ? Ne souffrons jamais
Que notre pensée abdique

Devant le rythme tentateur.
S'il demeure ta parure,
Il ne s'avère point ton cœur
Poésie, et ta nature,

Ton essence est, par dessus tout,
L'image, la douce image,
Flot géant aux méandres fous,
Lumière, caresse, orage,

Flamme, torrent, brise, volcan
L'image qui rit et pleure
Rêve, palpite, dort, pressent,
S'agite, tourmente, leurre,

Embrase, ravage et remplit
De sa foudre ou de son ombre
Un paysage d'infini
Où cadence n'est que nombre...

24 décembre 1921.

INSOMNIE

A la façon de Paul FORT, mon trésor.

La pluie s'émiette sur le toit. Est-ce que je m'ennuie, dis-moi ? On croirait que partout il neige de la cendre. Mon âme bat si clair que j'arrive à l'entendre...

Ecoute ! Les tuyaux gloussent comme des poules, et la pluie, dans la nuit, distille un bruit de foule, monotone, oh ! monotone ! Il me semble que c'est le Temps qui récite. Et je tremble.

Il répète, sans cesse, même chose. La cause et le fait, le fait et la cause. Il a beau dire, j'ai grand peur. Verrai-je encor demain des fleurs ?

C'est qu'il n'arrête point du tout, le misérable ! Que sa voix de sirop est donc intolérable ! Du vent, si vous voulez, du vent ! Mais qu'il n'aille pas plus avant !

. Sommeil, joyeux petit sommeil, mon ami, mon clair Ariel, pose, enfant, je t'en prie, pose, sur mes yeux pose tes mains de rosée et de rose,

Pour ne plus ouïr — c'est ma chère idée — le bavardage obscur et mou de cette ondée...

**

Voilà. Ce n'est point malaisé à instaurer. Je l'aime fort, moi, ce Fort ! Une uberté niagaresque, beaucoup de fraîcheur, une ingénuité, tantôt factice, tantôt sincère, de belles trouvailles d'expression, et le tour est joué. Mais, surtout, une nonchalance ! Paul Fort est, au cran maxime, le poète de la *paresse*. On ne l'a, peut-être, point assez remarqué. Peu chercheur de sujets neufs, il nous impose, en nous les détaillant, ses villégiatures et habitats divers, avec force grâce et abandon. Bonheur et fainéantise (ce qui, au surplus, est tout un), voilà ses deux pôles !

Vous duit-il percevoir second poème d'analogue structure ?

BELLE ETOILE

Le pauvre vieux va sous les cieux. Il n'a plus guère de chaussure, mais de ce détail il n'a cure.

Quand il s'étend dans le fossé, il n'est jamais embarrassé. La terre n'est pas une prude. Son accueil est gai, quoique rude.

Et puis, quel noble baldaquin que le ciel et son bleu

5.

turquin ! Quel charmant et soyeux poèle que cette semoule d'étoiles !

Ah ! la semoule, il voudrait bien quelquefois... Mais cela n'est rien ! Il se nourrit par les prunelles, le vieux chemineau sans semelles...

⁎⁎

Est-il nécessaire que je continue ? Vous le voulez ? Soit !

LES PINS MARTYRS

Ebourriffés par la tourmente, les pins des landes se lamentent, mais, froidement, le résinier met leurs larmes dans son panier de bois. Combien ils ont saigné, tous ces pauvres troncs résignés, dans le godet ou la coulisse de leurs fûts bosselés ou lisses !

Que de fois le *hapchot* cuisant a fait jaillir sous son tranchant la sueur d'argent de leurs veines en lente et poisseuse fontaine ! C'est une mort à petit feu qu'ils subissent sous le ciel bleu, tandis que le féroce drille les frôle de ses espadrilles !

La fougère aux bras frémissants a des gestes compatissants; les chevaleresques bruyères sont toutes roses de colère et les durs ajoncs épineux, exaspérés mais cauteleux, guettent le résinier sauvage pour l'égratigner au passage...

MATHIAS ET LE COQ

A   la façon de GIRAUDOUX, mon bijou.

> « Condillac-Apelles, mange-images, enfant,
> « Le rare te vit triomphant ! »
> *(Ronsard.)*

Nous partîmes, au matin, Martine et moi, par un temps chafouin, pour la Cornedaval. Il nous tardait à tous deux de retrouver la masure, rousse et comme boucanée par la lumière, les pluies et la chaleur, où notre enfance avait, à beaux petits becs clairs, picoré la vie. Jamais le ciel, po' rtant clos, à toute issue, de blafardes nuées, ne m'avait semblé aussi spacieux que cette aube là. Notre désir l'agrandissait de toute sa véhémence, et nos pas, sur le coton flasque des mousses, sonnaient, vif et sec, dans notre cœur. Cet émoi se transposait, sans intermédiaire, dans les choses, et la félicité de l'instante minute, soudait, à travers d'immenses, mais, pour le moment, imprécises savanes de souvenances, l'avenir au passé. C'était comme un trou d'ombre logique, négligé par notre indifférence, pour ne tendre, comme une sangsue, qu'aux proches voluptés. On eût dit deux molosses, enfiévrés de leur propre élan, perdus à toute sensation d'arrière, guignant, de l'œil et des babines, un but sûrement escompté. Autour de nous, tout

restait naturel et gris, de placide routine. Hors notre pensée, qui déformait la voie, rien n'était que de sens concret
et courant. Les baies des prunelliers, embuées d'un velours
bleuâtre, les mûres, de chair sombre et molle, et ces menus
tricornes roses, ces « chapeaux d'évêque » d'un arbrisseau
que nous reconnaissions, sans avoir jamais su son nom
véritable, pendaient, coutumièrement, au front embrous-
saillé des haies. La brise qui, pour nous seuls, prenait une
saveur de remembrance, froissait, d'une haleine banale,
les tiges des genêts, sans soupçonner qu'elle nous divini-
sait une musique accessible à tous. Nous arrivâmes à
l'échalier qui faisait communiquer le champ de seigle des
Minardon avec la pièce à froment du père Aubrespy. Martine, qu'essoufflait un peu la course rapide, s'arrêta, toute
fine et blanche, les yeux au ciel :

— « Oh ! fit-elle, doucement.

Je ne répondis pas. Le heurt d'une image, en fulgurante
résurrection, me campait la scène abolie : Martine, cour-
roucée, debout sur la pierre de l'échalier, ses maigres
petits bras d'ocre noués autour d'un chat couleur de miel.
Son regard trouait ma gaucherie agressive de l'épée d'un
regard étincelant, tandis que, sur ses lèvres tremblantes,
chevrotait une injure d'enfant :

— « Vilain *musson !* »

Un *musson*, c'est, chez nous, un sournois, un brutal
hypocrite. Je frémissais de fureur et ma main levée allait
s'écraser sur sa joue, lorsque le matou, réconforté au contact de la gorge de sa petite maîtresse, comme Antée au
sein de Cybèle, intervenait à la partie, et, sans aménité,
me tigrait la paume d'un cuisant paraphe rouge... A l'aspect de mon sang, Martine s'humanisait, tout soudain,

abandonnait son défenseur et m'enlaçait, à mon tour, en larmes...

Le hêtre bancroche, voisinant, comme d'usage, avec le boute-roue limé, râclé, creusé. Puis, à moins d'une demi-toise, le portail — le morne huis de bois jaune auquel nous cherchions, continuellement, Martine et moi, un visage, sans parvenir à nous mettre d'accord sur son expression. Elle le voulait, violemment, affable et reposé. Taquinerie ou conviction, je lui découvrais, moi, des traits d'ogre bilieux, et l'enrichissais d'imaginaires et comminatoires rictus. Ecaillé, fendillé, il s'accommodait, assez bien, de nos interprétations divergentes. Au certain, c'était un honnête portail rustique, indifférent aux manifestations régulières de l'existence qu'il encadrait, tel un ferme factionnaire, occlus aux subtilités de sa consigne. Il durait, sans curiosité comme sans amour. Mais la fraîcheur de nos sensibilités à fleur de poitrine n'atteignait point si avant, car nous avions encore besoin de la tendresse ou de l'hostilité des objets. La bigarrure des jours n'avait point posé sur nous son diadème d'analytique et versatile indépendance et nos loisirs ne s'emplissaient pas à cette besogne aduste et quotidienne : rebâtir, sur les fragments de ses mécomptes. Nous fûmes, toutefois, captés à neuf, au passage, par les circonstances écroulées, et Martine se prit à tapoter, d'un pouce caressant, le vantail de gauche :

— « Le cher vieux ! » dit-elle.

— « Tu l'aimes, ce Croquemitaine ? » questionnai-je en riant.

— « Croquemitaine ?... Ah ! par exemple !... »

Vers la droite, le mince étang s'efflanquait, livide et haché d'îlots barbus, comme un cimetière en détresse. Il nous fit froid. Et, cependant, c'était aussi, celui-là, un ami dont l'influence avait, plus que tout autre, jadis, assoupli nos enthousiasmes à son servage. Martine, qui était gaie, mais prudente, avait dû, comme nous tous, après quelque vaine résistance, fléchir à son romantique, peut-être, mais irrésistible envoûtement. Cette eau nous aspirait. Nous déférions à la multiple féérie de son prétendu mystère, troublés et ravis, avec une ardeur glacée et narquoise, en nous moquant un peu de nous-mêmes, car si le bon sens cède, parfois, à la passion, il n'abdique jamais, au fond, devant le simple plaisir. En somme, ce n'était qu'une mare, mais quelle mare ! Huileuse et souriante, exhalant une odeur lymphatique, dont nous ne pouvions plus nous affranchir. Il ne nous était point caché, pour l'avoir, cent fois, parcourue et sondée, qu'aucun péril et qu'aucune splendeur n'en justifiaient le prestige à notre raison, et, néanmoins, nous nous complissions à la redouter et à la chérir, à la peupler de gouffres et de fantômes, puisqu'il nous fallait, en ce temps-là, des fantômes et des gouffres. Notre imaginative exaltait son adolescence à ces fascinations mensongères et nous épuisions, pour ce marécage, la gamme des analogies, soit qu'il nous apparût, sous la râpe furieuse du vent, comme une fourrure ébourriffée, soit qu'il s'établit, aux petits souffles ensoleillés des après-midi, pareil aux squames d'or et de jade d'une peau rugueuse de crocodile à l'affût... Ah ! le fier traité de littérature atavique et inconsciente que nous épelions alors ! — C'était, au surplus, l'époque candide où la supériorité si vraisemblable de notre blonde Clémentine — quatre d'orteil, sept de rotule — la mettait à même de discerner, la nuit, à l'odeur de leurs pipes respectives, un Dauphinois d'un Cévenol et d'opter, en plein jour, entre un chirurgien-major et un conseiller d'Etat, selon la précipitation variable des fumées issues de leurs calumets. Bergsonne n'aurait pu en remontrer à l'intuitive psychologie de notre compagne, laquelle, rivale du *Solitaire* de d'Arlincourt, voyait tout, savait tout, entendait tout, percevait tout, devinait tout et régnait, sur l'univers matériel, à la mode du Valentin Guillois de Gustave Aimard sur la Sonora (1). Pour Arlette, ma seconde mienne, son cas était plus inédit encore, puisqu'elle ne récupérait son vouloir qu'au terme de ses répliques. Un bébé auquel j'offrais, certain jour, une cuillerée de café sucré, en sollicitant l'expression de son sentiment au sujet de ce régal, me répondit, d'abord : « Je crois que c'est pas bon ! » puis acheva, rieusement : « Encore ! » Jamais, tant nos loyautés demeuraient sevrées de toute défiance, il ne nous bondit à l'entendement qu'Arlette pût, comme cet enfant, connaître et pratiquer l'instinctive figure de rhétorique, qui se nomme ironie...

L'aboi d'un chien...

— « Finot ! » jeta Martine.

Un haussement d'épaules, coupé bref, me secoua. La voix de cet animal inconnu restait évocatrice d'autres hurlements, dépassés par le flot irrémissible des heures. Oui, Finot, Finot lui-même, ce braque d'Auvergne insignifiant et tumultueux, oscillant de l'esclavage brûlant aux tempêtes de la brute, si vide et si amoureux, un niais bouillonnant, à tout prendre...

Et le garçonnet du fermier, sous la paille de son chapeau en forme de bol renversé, la figure hargneuse et plissée, mais toute rose, son petit corps potelé posé sur un socle

---

(1) Mon âme, aux mille voix, que le Dieu que j'adore
Mit au centre de tout, comme un écho sonore... (V. *H.*).

boueux d'énormes galoches, paraissait un agaric des prés...

Au versant du tas de fumier, guindé, en flamme courte, un coq. Le coq de cinabre mouvant, gouaché de vert et de blanc, cassant et somptueux, le coq de Mathias, Gallimathias (1), mon coq ! Je le vis. Mon âme s'ébroua. Une brusque ivresse grésilla en moi, de la gorge aux lombes, et s'épanouit, par nappes onctueuses, au tissu de mon être sidéré. Je flottais, au creux d'une coupe de joie, comme une guêpe sur de l'hydromel... Martine s'en aperçut.

— « Dadais ! » dévoila-t-elle, indulgente.

Je soupirai. Au centre du perron, un homme venait de surgir, brossé net, les ongles faits, sociable. Il salua et conclut :

— « C'est moi ! Le percepteur ! Bonjour, Mademoiselle ! Pourquoi rire ? »

12 septembre 1921.

----

(1) Rudyard Kipling : *Le Livre de la Ferme.*

SÉRIEUX

Pour les *Débats*.

Suzanne et le Pacifique, de Jean Giraudoux. — Un cauchemar riant et démesuré, cisaillé d'innombrables comparaisons, fleurant, quelquefois, l'aventure (1). L'élocution, à force de se ceindre de tarabiscotages hasardeux, d'ingénuités implexes et du celluloïd d'une phraséologie pseudophilosophique, confine, par instants, d'une part, avec le «dadaïsme », de l'autre, avec Lycophron. C'est daim, car l'écrivain suppure de talent, nonobstant qu'il entasse, à

------

(1) Est-il bien assuré, par exemple, que les moules et les huîtres produisent, en se refermant, « *le bruit de baïonnettes qu'on rentre au fourreau ?* » J'ai, jadis, moi-même, souvent analysé ce dernier fracas là, qui m'avait intéressé, et, si sec que l'on décoche le geste, il ne m'apparaît point que l'on puisse exiler de son résultat, tout relent auditif de ferraille, tout arrière-goût métallique, ce que le heurt des nacres entre elles ne saurait admettre. Je chicane, ici, sans doute, mais mon scrupule, comme la plupart des scrupules, reste vénérable. Je songeais bien, moi qui vous parle, à rapprocher le son de la pudeur de ces mollusques du clapet impératif du « livre de bois » des offices conventuels, mais ce n'est point encore là tomber juste tout-à-fait. Bois comme fer ne sonnent point pierre.

l'abus. Puis je gagerais — et gagnerais — que cette tension
de sincérité continue, noyée, hélas ! d'un déballage livres-
que éperdu, cette ingéniosité fébrile et minutieuse à rajeu-
nri des thèmes piétinés comme une vieille sparterie, som-
brent, à coup évident, dans l'inexactitude. Cette jeune fille-
là jaillit, tout armée — trop armée — d'un cerveau d'auteur : une Pallas de la sensation, éternuée par Jupiter-Tris-
sotin. Ah ! la Lit-té-ra-tu-re ! Certes, ce fut gageure subtile
que vouloir marier Marie Lenéru — voire Marie Audoux —
à Robinson Crusoé, mais, tout de même, il demeure quelque naïveté au creux de cette entreprise. La demoiselle de
province, à lectures, frémissements et folastreries, dont
un intellectualisme snobinet — Notre Dame de Noailles,
priez pour nous ! — gouverne les méandres et tient la
chasteté routinière à jeun des basses précisions, la demoiselle qui suce, à la fois, Pascal et Rimbaud, et pompe,
d'oreille uniforme, Rimsky-Korsakow et les chants d'église,
semble, vraiment, un peu dépaysée au giron de la prime
Nature. Il ressort lumineux que, toute civilisée que nous
la tenions aussi, Madame de Sévigné, en tel avatar, se fût
contée, à franchise égale, de sorte plus lucide, plus simple,
et, sans hésitation, plus divertissante, que l'Eve limousine,
vierge aux oiseaux, vierge aux tournesols, vierge à l'ornithorhynque (1), sur son atoll. Elle nous eût, à toute ren-
contre, préservés d'une phrase de soixante-qinze lignes,
collée, en thapsia monstrueux, sur la banlieue parisienne,
car le dextre italien Corbinelli ne sut, oncques, même à
travers la prose de Nicole, résigner au macaroni cette
Bourguignonne impénitente. Pour ce que c'était, celle-là,

____

(1) Et au *seul* ornithorhynque. Voilà l'écueil ! Le voilà bien !

une vraie femme de *lettres*. Au surplus, me suis-je, fréquemment, fait aphone à proclamer Eugénie de Guérin plus vraiment Balzacienne que Marie Bashkirtcheff. Et Balzac, en matière de vérité, c'est le granit, n'est-ce pas ? Du moins, la plus triviale courtoisie requiert-elle que l'on paraisse s'être laissé inoculer cette opinion, de toute quiétude, de toute déférence à la tradition, et, par excédent, peu harassante à soutenir...

12 septembre 1921.

PROFONDEURS

« *Anch'io...!* »
Lepetit-Bouquin : *Le Puits cartésien*
I. XIV. 50.

Tous ceux qui professent ou tâchent à se persuader que le néant couronne la mort, sont pareils à ces poltrons, qui chantent dans l'ombre pour se rassurer : à la racine, ils crèvent d'effroi...

La mort n'est point délivrance ou dissolution, ainsi que le suppose mainte cervelle en bulle. C'est une échéance, la plus lourde de toutes... Hélas ! hélas ! que d'endettés !... Heureusement Dieu est infiniment riche et peut remettre...

*
* *

A ce commissaire-priseur qu'est le penseur moderne, la vie humaine paraît chose compliquée, pour ce qu'il se borne à inventorier la seule écorce de cette existence, que le moindre esprit d'analyse restituerait à quelques jalons, très pauvres et très simples, et n'ayant de varié que l'habit, non la substance...

*
* *

Une douzaine d'idées, nuancées à l'indéfini, et voici le bagage humain, tout semblable à la musique, issue de sept sons; à la mathématique, campée sur quelques postulats ; au langage articulé, constitué de cinq voyelles et d'un mince contrefort d'appuis nasaux, gutturaux, dentaux, sibilants. Et l'on ose évoquer le « problème » et le « Destin ? » — Rhétorique ! L'appétit du bonheur, le fardeau du corps, l'inquiétude de l'au-delà, l'horreur de la solitude, le conflit des évidences; la balance, toujours inégale, entre les trois plateaux : vouloir, sensibilité, connaissance, l'énivrement, par l'amour ou par l'intellect, dont le commun dénominateur a nom « *curiosité* » et demeure le legs pernicieux de la faute originelle; les solstices de la chair et de l'esprit; la lutte pour ou contre la chance et pour le paraître contre l'être; la course aux primautés; le goût des fictions sociales et patriotiques, que l'on oppose, en paravents précaires, à la fatale uniformité du troupeau de Josaphat, où seront jugés, non des syndicats et des nations, mais des syndiqués et des individus : l'artifice de la solidarité, ce strass de la charité; la gloire et la dépression; l'inexprimable beauté d'un désir obscur, rarement assouvi, de vertu et d'héroïsme : l'escalade, généralement ratée, des rébarbatives falaises de l'abnégation, et la liste sera, semblet-il, à peu près épuisée. L'Homme est si laconique qu'il ne peut pratiquer plus de sept péchés majeurs — les sept notes de sa *portée* — et ses perversions ne sont qu'outrances puériles ou déformations (qui le conduisent à la dislocation morale et matérielle) de vices établis, classés et fondamentaux et non point trouvailles neuves ou créations inédites. Oh ! le maigre sire ! Toutefois, en franc résidu, ce séraphin embourbé garde, à défaut de noblesse manifeste, assez de misère gauchement supportée, pour émouvoir la miséricorde de son Créateur... L'Amour et les souffrances d'un Dieu rédempteur combleront l'autre part de l'abîme...

31 mars 1922.

Les réformes durables ne sont pas celles qui opèrent sur un rythme de trombe, mais celles qui se développent à la façon d'une tache d'huile. Evolution, non révolution.

En toute âme bien construite, la volonté doit être le gendarme qui garde l'intelligence des entreprises lascives de la sensibilité et la sensibilité des hauteurs méprisantes et égoïstes de l'intelligence. Mais, en soi, la volonté n'est rien. « Agir » est un mot dénué de sens, moralement parlant, si l'on ne peut le caractériser d'un adverbe : courageusement, mollement, intelligemment, généreusement, bassement, etc.. C'est ce qu'une foule d'esprits dénués — notamment les sportifs et les Boches — ne réussissent point à comprendre. Un acte ne vaut et ne pèse que par son *appréciation*. Hors de là, il tombe au rang de mouvement matériel et purement moléculaire...

CUL-DE-LAMPE EN MOI MAJEUR

> « Tartarin n'avait pas *sa* romance :
> « il les avait *toutes* ! »
>
> (*A. Daudet.*)

Au risque d'enfourner mainte froide couleuvre,
De ne point rencontrer un écho fraternel,
J'ai proféré mon chant et j'ai nombré mon œuvre
Au rythme, indépendant de l'accent personnel.

Rugueux tel un requin, visqueux tel une pieuvre,
Parfois subtil et fin comme un oiseau du ciel,
Mon vers coule, bondit, se rebrousse et manœuvre
Sans jamais arborer visage officiel.

Romantique, parnassien ou symboliste,
Classique, sombre, gai, je veux toute la liste
Et ne sais ni drapeau, ni formule, ni lieu.

Triste, plaisant, léger, grave, brumeux, lucide,
Solennel — pas souvent — arrogant et timide,
Je marche, dans la paix et le soleil de Dieu !

28 mai 1922.

*
* *

Si, répugnant à voir de quel bois s'alimente
      Mon clair foyer mental,

Vous n'élucidez point de ma façon charmante
    Le truc fondamental,

Vous vous démontrerez, ò déplorables drilles,
    Je vous en avertis,
Bouchés à l'émeri, vissés à la goupille,
    Clos au cuir embouti,

Car, sans cris superflus, mais non point sans génie,
    Ma spécialité
Consiste à gouacher d'une forte ironie
    La sensibilité !

TABLE DES MATIERES

———

———✳———